하늘

마음이 외로운 어린이를 위한
진홍원의 제1동시집(재발간본)

청어

하늘

마음이 외로운 어린이를 위한
진홍원의 제1동시집(재발간본)

⟨서시⟩ 동심의 시

동심의 시를 쓰는 일은
머리에 비를 맞는 일이다
비 맞고 파릇파릇해진 마음으로
가슴을 켜고,
비에 씻긴 세상 찾아가
눈 반짝이며 인사하는
어린이가 되는 일이다

동심의 시를 쓰는 일은
가슴에 눈을 맞는 일이다
새록새록 추억의 난로 피워 놓고
꿈으로 가슴 밝히며
눈 쌓인 세상 찾아가
한 아름씩 껴안아 보는
어린이로 다시
태어나는 일이다.

차례

제1부 '한밤중에 깨어' 등 20편

제2부 '비행접시' 등 21편

제3부 '염소를 매며' 20편

제4부 '돌 하나가 되어' 등 16편

'한밤중에 깨어' 등
20편

*까치 집

까까까, 아슬히 높은 곳에서
맑은 소리로 쌓아 올린 소리의 집

반짝반짝, 햇빛 비쳐
그 눈부심으로 쌓아 올린 햇살의 집

아기까치 예뻐서
엄마까치 종일 들락날락하는
까치네 집은,

하늘 가는 길목
미루나무 낭낭꼭지에 지은
하늘의 집

*나도 비비새의

나도 비비새의 목소리를 갖고 싶어요,
비비새처럼 하늘에서 비비비 우는.

나도 딱따구리의 몸짓을 갖고 싶어요,
딱따구리처럼 숲속에서 딱따구르 쪼는.

할 수 있다면 빨간 댕기 머리에 땋고
흑부리하얀새처럼 하얀 마음 떨쳐입는
나도 고운 빛깔 갖고 싶어요.

종달새처럼 높이 떠 하늘 끝에 가 닿는
가서 하늘자락 살며시 열고 들어가 숨는
나도 빛나는 날개를 갖고 싶어요
갖고 싶어요.

*담쟁이덩굴

운동회날
운동장 가득 늘어선
아이들처럼

하낫 둘, 하낫 둘
함성 지르며
이층을 지나 삼층 꼭대기로
기어오르는
담쟁이덩굴들

옥상 안테나에 이르러선
닥지닥지 붙어
하늘 한 자락 휘감고
줄다리기
하고 있다.

*봄이라는 그림

어떤 크신 분이 있어
봄이라는 그림을 그리신다

털처럼 부드러운 봄바람 붓으로
학교 담장 꽉 차게 개나리를 그려 놓고
앞산 뒷산 군데군데 진달래도 그려 놓고
울 안에 정성들여 꽃망울도 칠하시고
우리 마음 가득 피어 나는
환한 봄을 칠하신다.

*봄 햇빛

봄 햇빛이
개나리꽃에 와서는 노오랗게 피어오르고
언덕받이 하얀 집에 와서는 하얗게 빛난다

단지 환한 한 줄기 햇빛이
땅에 내려
아지랑이로 피어오르고
꽃으로 갖가지 빛깔로 피어나는 건…,

그렇구나.
겨우내 꽁꽁 얼었던 마음이 들에 와서는
위로위로 솟구치고 싶은 마음에
아물아물 아지랑이로 피어오르고,
추워 웅크리던 가슴엔
화사한 꽃등을
달아 주는구나.

*비 갠 뒤

하늘이 얼굴을 씻고
맑게 웃는다

나무들도 몸을 씻고
푸르게 웃는다

초가지붕 머리 감고
수줍게 웃는다

부는 바람 한 올까지
보일 것 같다.

*산 · 1

하루 이틀, 한 해 두 해도 아니고
수천 년, 수만 년
하늘을 떠받치고 있는 산

때로 누워 쉬고 싶어도
그 품에 안겨
아기자기 살아가는 것들이 좋아
천 년 만 년
하늘을 떠받치고 있는 산

*산 · 2

가만히 산등 바라보노라면
우리 집 배냇소 굽은 등처럼
꿈틀거린다

산에서 내려오는 사람들
송아지 등처럼 구불구불한 길을
떨어질까 봐
조심조심 내려온다

*산 · 3

산속은 깊다
잔디 밟고 쑥 냉이 뜯다
한나절이 지나고,
다가선 봉우리 찾아 헤매다
또 한나절 지나는
산속은 깊다
꼭대기 구름 흰눈으로 쌓이며
한 겨울 지나고
꽃향기 물에 실려 흐르는 동안
봄 여름 지나는
산속은 깊다
푸른 하늘 가슴에 품는 산속엔
봄, 여름, 가을, 겨울이
함께 산다

*산 · 4

서로가 서로를 보고 사는 우리
아기가 엄마보고 눈웃음 짓듯
풀잎은 풀잎을 보고 눈짓을 한다
엄마가 아빠에게 말을 건네듯
나무는 나무에게 말을 건넨다
아빠가 우리를 굽어보시듯
산은 들녘 굽어보며
언제까지나 서 있다
언제까지나 서 있다

*아침 일기

안개 낀 아침

어젯밤 꿈에서 이어온 전깃줄 위에 동그마니 앉아
호롱호롱 안개를 밀어내는 새소리를 들으며
물 긷는 엄마들이 한 두레박씩 길어 올리는 아침
을 마시며
꼬불꼬불 등성이로 숨어 버린 산길을 오른다.

야호, 소리 질러 아침산을 깨워 놓고
쭈빗쭈빗 일어서는 풀잎들을 걷어차며
차랑차랑히 낫날 소리 흘려 망태기 가득 꼴을 벤다.

차운 이슬 두 손에 받으며, 덤불 속 가득 찬 멧새
소리도 씹으며
시냇물 소리 더불어 산길을 내려와
구유에 풀잎을 넣어 이슬을 베어 먹는 소의 눈을
바라보며

쇠잔등이 두드려 그 긴 울음에 귀라도 기울일 젠
　어느새 마을에 꽉 차게 고인 해님을 한 아름 가득
껴안고 싶은,

　환한 아침!

*엄마가 모는 오리

날마다 날마다 엄마는 오리를 몬다
으스름 녘, 텃논 건너 앞개울에서
하이얀 날개를 접는 오리를 찾는다
손에 장대 하나 들고
아픈 다리 뒤뚱이며 엄마가 찾아오면
오리들도 신이 나 푸드거린다

뒤뚱거리는 오리를 몰고 엄마가 간다
논 사잇길로 접어들면
엄마도 뒤뚱뒤뚱 오리가 된다
때로 오리들은 풀잎들을 건드려 보고
파랗게 팬 벼이삭도 만져 보다가
알맹이까지 쪼면 안 된다고
꾹꾹거리며 소리를 친다

고샅길 건너 안마당에 들어서면
어느새 종종걸음쳐 온 하루,

조각달이 하늘에서 하얗게 웃고
종일 개울에서 쪼아 삼킨 햇살들이
오리의 가슴 속에서 단단히 여물어
밤마다 밤마다 오리들은 엄마의 가슴에
하이얀 오이알 하나씩을 낳아 준다.

*산마을

가장 먼저 해 뜨는 마을
산새 소리 함께
가장 먼저 잠 깨는 마을

햇살이 길 트는 마을
햇살 따라 학교 가는 마을
한낮엔 모두 어디 가고
강아지만 남아 꼬리치네

솔바람 부는 마을
저녁 연기 보며
돌아오는 마을
낮은 지붕 맞댄 채
얘기 나누다
별 함께 잠드는 마을

*잠자리

겹겹이 안경을 쓴 잠자리의 눈
한꺼번에 하늘도 보고 땅도 본다
언제나 먼 곳을 향한 마음
바람만 건드려도 포르르 난다
겹겹이 비단으로 짜인 잠자리 날개
반짝반짝 빛을 내며 날아간다

난다는 것은 저리 빛나는 걸까
우린 갈 수 없는 먼 하늘에
한 점 아쉬움이 되어 날아가는
잠자리 한 마리

*풀꽃

풀꽃의 빛깔은
햇살 받아 노랗고 빨갛게 피어나는
햇살의 빛깔

풀꽃의 몸짓은
바람 따라 흔들어 보는
바람의 몸짓

하지만, 풀꽃의 마음은
바람보다 햇살보다 더 예쁘게 피어
풀꽃 하나로 온 세상 밝히고픈
풀꽃 스스로의 마음

*풀잎

풀잎은 눈이 파랗네
하늘도 나무도 모두 파래서
늘 푸르게 뜨는
풀잎의 눈
해가 뜰 때 마음도 따라 트이는
풀잎의 눈

풀잎은 귀도 파랗네
새소리 바람 소리 너무 맑아서
늘 푸르게 열리는 풀잎의 귀
바람 불 때 마음도 따라 열리는
풀잎의 귀

이슬방울 코에 달고
아침마다 이는 푸른 생각에
그만 파랗게 물들어버린
풀잎의 몸

*하늘

꽃잎을 만져 보면
하늘의 살결을 알 것도 같다야
새말간 꽃잎사귀에
빗방울 따라 함께 내린
하늘

풀잎을 만져 보면
하늘의 몸짓도 알 것 같다야
싱싱하게 일어서는 풀잎사귀에
송송 맺혀 있는
하늘

하늘의 숨결이야
나무에 올라 보면 안다야
휘이휘이 휘저어오는 가지 끝에
바람 따라 밀려오는
하늘

정말, 하늘의 얼굴도
알 것 같다야, 알 것 같다야
깊이 모를 연못 속에
가득 고인
하늘
하늘.

(1984년 중앙일보 신춘문예 동시 부문 당선작)

*한밤중에 깨어

한밤중에 나 혼자 깨었다

아니, 부뚜막의 귀뚜리들이 깨어 울고 있다
먼 데 개 짖는 소리 골목을 빠져나오고
오, 하늘의 별들도 깨어 반짝이고 있구나

그리고 보니, 모두가 잠든 한밤중에도
잠들지 못하고 깨어
어둠을 지키는 것들이 있구나
어둠을 밝히는 것들이 있구나

*허수아비

멀리서 보면
교통순경 아저씨,
논 가운데 서서
윗녘 새 아랫녘 바람 갈 곳을 가리키며
훠이훠이 손짓하는
교통정리 아저씨

조금 오다 보면
영락없는 이웃집 아저씨,
모자 비뚤게 쓰고 두 손 벌려
해 지도록 벼 포기 사이 누비시는
바로 건넛집 아저씨

가까이 가면
앙상한 몸뚱이에
누더기 입은 추운 거지 아저씨,
한 계절 버티고 서서

다리를 절며 들녘 지키시느라
그만 가슴이 닳아 버린
허수아비 아저씨

*호박잎은

호박잎은 돋아돋아 너른너른
호박줄긴 뻗어뻗어 꺼끌꺼끌

지붕 위로 담 밑으로 뻗어뻗어

호박꽃은 피어피어 노란노란
호박 알알 반들반들 윤이 나네

제2부

‘비행접시’ 등
21편

*겨울 나무 · 1

겨울 나무도 우리처럼 눈밭 위에 서 있기를 좋아한다
서서 아득한 벌판 끝 바라보며 하루해를 꼴깍 넘긴다

겨울 나무도 우리처럼 휘파람 불기를 좋아한다
속삭이고 싶은 소리, 외치고 싶은 하많은 말을
휘파람으로 휘파람으로 불어제낀다

겨울 나무도 우리처럼 서서 얘기 듣길 좋아한다
이 새 저 새 가지마다 불러 놓고
흰 눈꽃송이로 피어나는 얘기꽃을 피운다

겨울 나무는 밤이 돼도 들어오지 않는다
벌판 끝 넘어넘어 바라보다가
그 자리에 서서 또 별이 나타나길 기다린다
무슨 얘기가 그렇게 많은지,
무슨 생각이 그렇게 많은지….

*겨울 밤 · 1

개 짖는 소리마저 얼어붙는
이렇게 추운 밤일수록
별은 유난히도 초롱초롱하다

어둠 속 눈보라 휘날리는
이렇게 캄캄한 밤일수록
마을의 등불은 유난히도 환하다

발자국 소리만 귓가에 쌓이는
이렇게 적막한 밤일수록
내일을 생각하는 눈동자
맑게 트인다.

*그림

그림을 그리다가 그림 속 푸른 빛을 만났어요. 비늘 세워 튀어오를 땐 하얗다가도 이내 처얼썩 그 큰 가슴으로 가라앉는 바다를 만나고, 어깨와 어깨를 겯고 일어서는 풀잎들을 만나고, 늘 능금나무 위에서만 맴도는 하늘 한 조각을 만났지요.

빨간빛도 만났어요. 떨어지는 해를 감싸며 타오르는 저녁놀이랑, 빨간 자전거를 타고 풀길을 달리는 우체부 아저씨의 빠알간 가방이랑 능금나무밭 능금이 되어 대롱대롱 매달린 꼭지 달린 해도 만났답니다.

푸른빛과 붉은빛은 서로 만나 가슴 설레었지요. 노을은 바다 위에서 더욱 설레어 붉은 사르비아빛으로 타오르고, 풀잎들은 재빨리 우체부 아저씨의 자전거를 걸어 넘어뜨리고는 깔깔거렸지요. 능금나무밭 능금 냄새에 취한 하늘도 휘파람 소리를 내며 휘익 높은 하늘로 올라갔답니다.

우리가 사는 세상이 아닌 그림 나라에선, 언제나
여러 빛깔들이 모여 아기자기 아름다운 세상을 만들
어 갔어요. 귀 기울이면 합창 소리도 먼 바다 물결처
럼 들려왔구요.

*나무의 빛깔

나무 빛깔은
잎사귀 가득 피어오르는 하늘빛이네
하늘하늘 피어오르는 하늘빛이네

나무 빛깔은
밑동으로 뻗어내린 흙빛이네
검붉게 뿌리내린 흙빛이네

나무야, 너는 온종일 서서
무슨 빛깔의 꿈을 꾸니?

하늘을 마시며 땅을 마시며
나무 빛은
온종일 반짝이는 햇살빛이네
파랗게 번지는 바람빛이네

이 모든 것 곱게 받아
날마다 꿈꾸는 꿈빛이네

*나무 · 1

잎새들만 오롯이 모여 있나 했더니
나뭇가지 속 화안히 박혀 있는 햇살 떼들

잎새들만 아기자기 모여 노나 했더니
나뭇가지 새 촘촘히 앉아 있는 참새 떼들

*나무 · 2

저리도 높은 하늘이기에
평생 한자리
하루하루 푸르름으로 받쳐올리며
구름을 만나면 구름같은 생각
바람을 만나면 바람같은 몸짓으로
우러러 받들며 사나 보다

*나무 · 3

저녁이면 눈을 안으로 뜨고
조용히 하루를 생각하는
나무의 숨소릴 들을 수 있다
지나온 하루 일기를 쓰는
사각사각 잎새 소리
들을 수 있다

*눈이 내리면

눈이 옵니다
끝가지 가지엔 피는 새소리
호롱호롱 피어나는 아침 새소리

어둔 곳은 환히
움푹한 곳은 판판히 메꾸며
먼 나라로 나는 것들
날개깃에도 눈이 옵니다

눈이 옵니다
언제나 봐도 그리운 저쪽
하얀 숨결이 밀려서 옵니다

눈이 내리면, 아! 눈이 내리면
우리가 사는 땅 끝끝까지
눈나라 병정들이 세운 깃발
하얗게 하얗게 펄럭입니다

드디어 골목길에 흰 눈사람

먼 나라 소식 갖고

손님처럼 우뚝 서서 다가옵니다.

*매미

우리가 고향 임실서 살 때
날이면 날마다 시냇가 미루나무 위에서
첨벙대는 아이들 소리 하늘에 띄우며
울어대던 그 매미가

오늘은 이 도시 천변도로
먼지 앉은 가로수에 붙어
울어대고 있다
쓰을쓰을 씨을씨을 시끌시끌
매앰매앰 매연매연 매워매워…

다시 푸른 울음 쏟아내며
들뜬 한낮을 식히고 있다
가로수 근처 하늘이
조금씩 조금씩 닦여지고 있다

*바다 · 1

끝없이 열려 있는 나라
그 끝에 닿으면 하늘과 만나는 나라

반짝이는 물비늘 너머 수평선까지
온통 살아서 꿈틀거리는 나라
깊은 곳에선 물풀들 살랑대며
온갖 재미난 얘기 들려주고
해 뜨면 고기들도 눈을 떠
밝아오는 나라
보이는 것보다 보이지 않는 것이
더 많은 나라

문득 수평선 쪽 하얀 배들이
우리 그리움의 눈 틔워 주며
곱게 밀려서 다가오는 나라

*반딧불

말은 안 해도
속맘은 깜박깜박 켜 놓았다
여리디여린 날개지만
파닥이고 파닥이고 파닥이면
맑은 빛이 피어난다

그 불 켜고
여름나라 어두운 골짝 날아오르며
작은 불씨들을 뿌려 놓는다
불씨는 날아날아 마음 한 구석
실같이 타오르는 기쁨이 되고
그 기쁨 자욱이 하늘에 떠서
여름 한밤 환히 수를 놓는다

*보리밭을 매며

보리밭을 맨다
이랑마다 파릇이 솟는
보리밭을 맨다
잡초를 솎고
호미로 뿌리흙 부추기면
출렁이는 이랑 이랑
바람이 인다

보리밭을 밟는다
밟으면 밟을수록 쭈빗쭈빗 일어서는 몸짓
언덕받이 산모롱이로 타오르다가
윗녘으로 윗녘으로 물밀어가고
허리 굽혀 쓰러진 대공 일으켜 세우면
환히 뿜는 그들의 힘이
손에 닿는다

겨우내 새소리 눈꽃송이로 피우고
이 봄 다시 파랗게 솟는
보리밭을 맨다
이랑마다 파릇이 솟는
우리 마음밭을 맨다.

*비행접시

아직 비행접시를 본 적은 없어도
서편 하늘에서 반짝반짝 날아와
우리 집 뒤뜰에 사뿐히 내려
파란 불빛 계단을 밟고
아장아장 이·티가 걸어 나오는
내 생각의 뒤뜰엔
벌써 비행접시가 날아와
앉아 있다

오리뺨에 하늘색 눈을 가진
이·티와 마주 서서
살짝이 웃어 주면 두려움이 사라지고
살며시 손 잡으면 마음이 통해
가슴에 난 생각의 단추 눌러
말을 통하는
내 생각의 뒤뜰엔
벌써 이·티가 손님으로 와
앉아 있다

자, 일어나자! 이·티야
어서 가자, 비행접시야

*소나무야

그 많고많은 나무 중에
우리가 맨 처음 이름을 안 너희들은
언제부턴가 이 땅 끝에서 끝까지 서서
우리와 함께 살아왔다
언제나 푸른 하늘 이고
어디에서나 사철 푸르렀으니….

솔잎 새 솔바람 솔솔 일으키다가도
때로 이 땅 휩쓴 연기에
가슴 앓던 너희들 얼마였더냐
쓰러져 간 너희들 또한 얼마였더냐.

너희도 보았으리라
우리 머리 위 낭낭꼭지에 새집이 얹히고
죽지 달린 새 드높이 날아오름을
그리고 다짐했으리라
언제까지나 이 땅에 서서 우리와 함께

푸른 빛으로 살아갈 것을.

*약수터에서

아, 언젠가
우리가 잃어버린 물소리가 하나
살아서 흐르네
햇빛 비쳐 눈부신 물소리가 하나
반짝이며 솟아오르네

그 옛날 고향 샘터
도란도란 얘기 소린 이제 사라지고 없어도
스무 자 깊이 내 얼굴 비추던
우물은 이제 메꿔지고 없어도
날마다 날마다 두레박으로 길어 올리던
우리들의 샘은 마르지 않고
솟아 나,

이 약수터
그 그리운 날 긷기 위해 모여 선 우리,
조약돌 소리 찰랑이는 물소리를 받네

하나 가득 넘쳐흐르는 햇살을 받네.

*어디에나 별들은

어디에나 별들은 떠 있어요
타오르는 모깃불 끝에
피어오르는 우리들의 이야기, 이야기······.

밤하늘 우러르는 눈매
별빛에 고이 닦이우고
가슴마다 하나 둘 별이 켜지고,

어디에나 별들은 떠서 흘러요
별이 내린 숲속마다
반딧불이 날아오르고
마을엔 어둠을 밝히는 불빛, 불빛들······.

우리들의 이야길 환히 비추며
어디에나 별들이 소복이 쌓여요.

*연

아이들이 연에 하늘을 감아
당기고 있다

연실에 끌려 출렁출렁 따라오다가
하얀 구름이 되어 하늘하늘 따라오다가
소나무 끝에 걸린 하늘……,

파랗게 걸린 하늘이
아이들의 함성 소리에 소스라쳐
다시 떠오르면

얼레에 끌려온 하늘 자리엔
또 새로운 하늘이
들어찬다.

*연꽃 · 1

연못에 머리 감고
파아란 연잎
등불을 받쳐 들고
물 속에서 나오네요.

목탁 소리 한 가닥에
껍질 하나씩 벗고
연못 위 곳곳에
켜지는 연등

아버지 보고 지고
타는 마음에
껍질 벗고 용궁에
켜지는 심청

*지도

산에 오르면
냇물이 흐르고 빼곡히 집들이 들어차 있는
우리 마을이 보이듯이
비행기에서 보면
강물이 흐르고 울멍줄멍 산봉우리 위로
들판이 뻗쳐 있듯이
오늘은 지구본 속
찬바람 부는 대륙과 섬나라 헤치고
떠오르는 나라를 봅니다

뼈처럼 솟은 산맥
핏줄처럼 뻗은 강물
가지런히 일군 들과 공장의 굴뚝들
그 사이 터잡은 도시와
구름과 바람 속
날마다 날마다 새로워지며
환하게 밝아오는
땅을 봅니다

*한여름

활활 타는 불볕도
나뭇잎에만 닿으면
그 위로 번지는
푸르름을 더해주고,

눈부신 햇살도
냇물에만 스미면
그 안에 출렁이는
깊이를 더해주고…….

*해바라기
― 해맞이

맑은 날 아침이면 해맞이를 갔어요
바람이랑 손 마주잡고
가슴에 돋는 푸른 잎사귀 하나 품고.

산 위 정자지기는 나뭇잎을 쓸었어요
나뭇잎에 묻혀 색이 바랜 어둠도 쓸었어요
그렇게 트인 길로 사람들이 올라와
멀리 불빛을 보는 사람
바람 팽팽히 마시며 나무와 키재기를 하는 사람
어떤 인 예언자처럼 길게 함성을 질렀어요

그 바람에 깨어난 도시가 눈을 끔벅였어요
릴리푸트의 걸리버처럼 불이 켜지고, 창문이 열리고
먼 곳으로 가는 기차가 기적을 울렸어요
아, 그때에야 순교자 묘지 위로 해님이 솟아
눈부신 하루를 열어 놓았어요

산마을 나서는 사람들 머리에 해가 켜지고
온 도시에 해가 켜지고, 온 세상에 해가 켜지고….

그때 내 가슴에 돋은 푸른 잎사귀에도
크고 둥근 꽃 한 송이가 피어올라
눈부시게 눈부시게 타올랐어요
산마을 집집마다 고개 내민 꽃처럼
노오랗게 노오랗게 타올랐어요.

제3부

'염소를 매며' 등
20편

*겨울 허수아비

왁자히 뛰놀다가 돌아가버린
텅 빈 들녘에
어쩌다 혼자 남은 허수아비 하나,
고개 비뚜름히 숙이고 하나뿐인 다리에 기대
찬바람을 맞고 섰다
어쩌다 쫓겨 나와 모퉁이길에서
웅크리고 섰는 아이처럼
혼자 훌쩍이고 있다.

무엇을 잘못했기에 혼자 서서 울고 있을까
무엇을 잘못했기에 텅 빈 들녘 바라보며
고개 떨구고 있을까
이제는 돌아가자꾸나
눈물을 닦고, 가서 잘못을 빌고
다시 그 따스한 품에 안겨 보자꾸나

아침이면 학교 가는 길에서 울던 아이야
저녁이면 또 쫓겨나와 울타리 밖에서
코 훌쩍이던 아이야.

*별 · 1

하늘에서 보면
땅 위에도 별이 켜질 거야
어둔 날 어둔 저녁
집집마다 마을마다 불을 밝히고
멀리서 반짝반짝 떠 있을 거야
어둔 날 어둔 저녁
달리는 열차
칸칸마다 별을 달고
불빛 아래 얼굴 맞댄 사람들
미소로 반짝반짝
빛날 거야.

*별 · 2

하늘에서 보면
우리도 모두 별처럼 켜질 거야

부르는 노랫소리 신호등처럼 깜박이고
숨바꼭질 노는 애의 기쁨이
빨갛게 타오를 거야
노마 뒤에 숨은 순이
숨은 별 되고
싸운 뒤 부둥켜안은 언니와 동생이
새근새근 잠잘 거야
하늘에서 보면….

*소경 아저씨

톡톡톡…
삐삐삐…
연방 신호를 보내며
걸어가시는 아저씨,

눈 감고도 더 먼 곳 보고
허리 굽히고도 더 높은 곳 향해
천천히 천천히
서울을 더듬어 가시는 아저씨,

톡톡톡…
삐삐삐…
자기 생각 못 벗는 우리 가슴에도
연방 신호를 보내며
지팡이 하나로
앞길을 뚫고 가시는 아저씨.

*쉬는 시간엔

똑같이 눌러 보는 피아노 소리지만
도-, 레-, 미- 제각기 다른 소리
똑같이 칠해 보는 크레용 빛이지만
초록, 노랑, 빨강 각각 다른 빛깔
그만그만하게 떨어지는 별똥별이지만
산에 내리면 산반딧불
물에 내리면 물 속 조약돌이 되듯,

교실에 앉으면 그만그만한
애호박 같은 얼굴들이지만
쉬는 시간엔 운동장 가득
도-, 레-, 미- 제각기 다른 소리
초록, 노랑, 빨강 갖가지 빛깔로
피어오르는 얼굴, 얼굴들.

*쓰레기를 주우며

학교 앞길을 청소하며
더럽혀진 곳을 보았다
시궁창에 흐르는 퀴퀴한 물
여기저기 널려 있는 비닐 조각
늘 지나치면서도 바라보지 않던
어두운 곳을.

버리는 사람 뒤에서
허리 구부려 그걸 다시 줍는 사람들을
춥고 어두운 곳에 햇빛을 집어넣느라
허리 굽혀 사는 사람들을.

*아빠 등 뒤에 타고

새로 산 아빠 자전거 등 뒤에 타고
달려요, 골목길
울퉁불퉁 모퉁이길 지나 시가지 길을

씽씽 바람결 시원해
'신난다!' 외쳤더니
아빠도 신이 나서 싱긋 웃었죠

아빠도 신이 나서, 우리만 타면 신이 나서
밟아요, 페달을
울퉁불퉁 돌멩이길 어려운 일 피하며

한참을 달리다 깜박 졸았나 봐
"아가, 자서는 안 돼."
들리는 소리에 눈을 번쩍 떴죠

달려요 머나먼 길 우리 앞날처럼

아득한 길

아빠의 휘파람 소리 따라

오늘도 내일도….

*아침 청소부

캄캄한 어둠을 밟고 와서
딸랑딸랑 종소리로
어둠을 깨워 놓고
어둠 속 쓰레기들을
쓸어 모은다

여기저기 널린
우리 더러움 가득 싣고
힘겨운 수레가 넘어질 듯 넘어질 듯
골목을 빠져 나가면
그 뒤를 따라 아침길이
환하게, 점점 환하게
트인다

*염소를 매며

아침마다 염소를 맨다
염소는 들판이 좋다고 매애 소리치고
왜 한 곳에만 매어 놓느냐고 또
매애 소리친다

좀 있다 풀 잘 뜯나 와서 보면
염소는 목에 줄을 친친 감고
빠져나오려 버르적거린다
오른쪽으로 감겼으니까 왼쪽으로 돌면
풀릴 텐데
버르적버르적 더 목이 조인다

푸른 하늘 보고 생각하면
무슨 일이 잘 풀릴 텐데
우리는 왜 이렇게 막혀 있을까?

산수 문제 풀 때
욕심내다 형아와 싸울 때
낑낑대는 내 모습이
꼭 저 염소 같다
꼭 저 염소 같다

*엿장수

어제는요. 키가 큰 엿장수 아저씨 엿을 팔러 왔는데요. 모퉁이길 돌길을 돌아 재깍재깍 가위질하며 왔는데요. 꼬불꼬불 마을 안길 고샅길을 돌아, 초가지붕 흙담 너머 길게 고개를 내밀고,
"엿 사세요. 엿 사!"
외치고 다녔는데요.

송이송이 밤송이머리 더펄더펄 더펄머리들이 우루루 몰려와서 묵은 것이란 묵은 것은 모조리 주고 새 엿으로 바꿔 갔지요. 울보 말식이는 입에다 끈적엿을 붙여 오고, 떼보 웅식이는 코에다 막대엿을 붙여 와 모두모두 새마음들이 되었지요.

오늘도요. 키가 작은 엿장수 아저씨 엿을 팔러 와서요. 아빠 따라 걷던 길 뚝길을 돌아 솜과자 부풀게 들고 맨발로 걷던 길 풀길을 돌아 재깍재깍 칼가위질 하며,
"엿 사세요. 엿 사!"

외치고 다녔는데요.

담 밑에서 손나팔을 하고 외치는 소리 길게 퍼져 나가자 세모돌이 네모돌이 날쌘돌이도, 예쁜이 상냥이 새침데기도 모두모두 귀를 쫑긋 세워 우루루 엿판 앞으로 몰려갔지요.

엿판 위에는 갖가지 물건들이 가득 놓여 있었지요. 헌 유리병에선 줄줄 흐르는 물엿이 나오고, 때 묻은 만화책에선 고소한 깨엿이 나오고, 먼지 앉은 장난감에선 아롱다롱 색동엿이 나와 모여든 먹보 울보 떼보 느림보 모두모두 새마음들이 되었는데요.

그게 정말일까요? 내일도 모레도 엿장수 아저씨, 엿판을 어깨에 메고 칼가위 들고 오르막길 내리막길 죄 누비며 가슴에 울려오는 쉰 목소리로,
"엿 사세요. 엿 사!"
외고 다니며, 나쁜 아기 게으른 아기 가슴 속에 새마음, 어린이 마음을 꾸욱 찔러 넣어 준다는 게 정말일까요?

*외갓집 · 1

안마당의 삐약삐약 소리
밥 짓는 연기에 묻히고
텃밭의 빨간 고추
빠알간 햇살에 묻히네

뒷밭에선 할머니
고추 이랑 매시고
앞논에선 할아버지
긴 논두렁을 타시네

밤 되면
곁에 누우신 할머니 냄새 위로
아, 온통 별이 떠
별빛 아래 누웠네
별빛 속에 잠을 자네.

*외갓집 · 2

할머니 방 장롱 문고리에 묻은
옛 빛깔 은은히 비쳐
할아버지 방 문갑에 묻은
옛 냄새 그윽이 풍겨,

외갓집에 가면
온통 할머니 할아버지 냄새 묻어 나
보이네, 엄마 어릴 적 치마저고리
옛분네 사시던 숨결 소리

*운동회

모두가 만국기처럼 펄럭이는
깃발이 되어
모두가 껑충껑충 뛰는
타조가 되어
달린다, 캥거루처럼 치솟는다
흰옷 입고 춤추는 언니들
날개 접는 백 마리
학이 된다

지켜보는 선생님 부모님 동생들
먼지를 뒤집어쓰고
모두모두 이빨 허연
짐승이 되어
만세 소리에
하나가 되는 운동회

*자전거포 아저씨

우리 이웃 자전거포 아저씨
아저씨가 아니라 이젠 할아버지,
오늘도 허리 구부려 기름칠 하신다
언제나 봐도 혼자, 아침에도 저녁에도
닦고 조이며 기름칠 하신다
자전거 들고 나오실 때 보니
절뚝절뚝 한쪽 다리를 절룩이시네

그러나 말없이, 또 말없이 일을 하신다
우리 이웃 자전거포 아저씨
한창 일하실 때 보면
땀 흘린 옆얼굴이 햇빛에
반짝 빛난다.

*장날 약장수

초하룻장은 임실장
장날 약장수가 떠벌이는 장
코에다 깍지코를 살짝 붙이고
징채잡이 약장수 앤 뿔고깔 쓰고
세상에서 제일 좋단 약을 팔지요

에-, 요것은 만병통치약
허리 다리 팔 아픈 데 가슴 저린 데
사리살짝 녹여서 풀어준당께
외치며 구경꾼들 빙 둘러보면
시골 할매 흥겨워 덩실 춤추고
얼굴이 퉁퉁한 시골 언니도
히히해해 웃으며 얄궂단 표정

모두들 고갤 젖혀 굿만 보누나
시름 품은 얼굴에 산그늘 져도
제풀에 신명이 난 약장수 아이

열두 발 상모끈이 바람처럼 스치네
더펄이 얌전이 까까숭이들
해 기운 줄 모르고 구경만 하는
초하룻장은 임실장
떠돌이 약장수가 떠나가는 장

*저 높은 곳으로
— 스승의 날에

언제나 우리 곁에서
엄마 아빠처럼 우릴 살피시며
맘에 티끌진 아이, 그늘진 아이 없나
근심하시는 선생님,

날마다 우리 손 잡아
이 세상 방방곡곡 이끄시며,
삼라만상의 이치
말씀해 주시는 선생님,

문득, 여름날 반딧불처럼
깨달음 주시며
오랜 세월 비바람 맞고 햇빛 받아
스스로 눈 떠 꽃피우라 하셨는데,

날마다 우리의 속썩임도
잔잔한 웃음으로 가라앉히며,
하나하나 우리 손 잡아 이끄시고
저 높은 곳으로 같이 가자시던 선생님,

오늘도 이 마음 엮어
드리옵니다.

*저렇게 높은 하늘
 사랑하라시는 말씀은

저렇게 높은 하늘
사랑하라시는 말씀은
우리
그 하늘 내려와 싹튼
풀잎으로 풀잎으로 피어나란 말씀
아니신가요?

엉겅퀴처럼 엉켜
햇살 한 줌도 고이 맺는
풀꽃으로 풀꽃으로 피어나란 말씀
아니신가요?

들녘에 부는 바람
아무도 모르는 산속의 기쁨
고이 간직했다가
빨갛고 노오란 열매로 맺으라시는

바로 그 말씀
아니신가요?

*추수

햇살 환히 열리는 아침
먼 들녘에서,
허리 굽힌 사람들
차랑차랑히 낫날 소리 흘리며
반짝이는 햇살을
베어 눕힌다

한낮에도
따가운 햇살 이마에 받으며
허리 굽힌 사람들
노오란 햇살 다발들을
묶어 나간다

해가 뉘엿뉘엿할 즈음도
허리 굽힌 사람들
먼 들녘에서,
한 낱 두 낱 햇살을 주워 모아

가슴에 차곡차곡
쌓아 올린다

*푸성귀

우리는 푸성귀처럼
야들야들한 손을 가졌다

우리는 푸성귀처럼 싱싱하다가도
야단만 한번 맞으면 시들해지는 마음과
다시 비 맞고 일어서는
푸르른 마음을 지녔다

우리는 푸성귀처럼
풋풋한 내음을 지니고
하늘 보고 자라는
푸르디푸른 눈을 가졌다.

*학교 가는 날

둥우리서 깃 털던 새들이
날개를 편다
하나씩 둘씩 교문 쪽으로 날아드는
어린 새 떼들
가슴에 손수건 달고 엄마 손에 매달려
푸드득푸드득 날아 들어온다

가슴에 밀려오는 더 넓은 세상에
눈 동그랗게 뜨고
가슴에 쌓여오는 더 큰 세상에
날개 활짝 펴고
뒤뚱뒤뚱 걸어 들어오는 새 새끼들

넘어진 것은
혼자 일어서려 안간힘 쓴다
일어서선 날갯짓에 푸드거린다

처음으로 학교 가는 날
교문 앞엔
어린 새 떼들이 일으키는 바람
잔잔히 인다

제4부

'돌 하나가 되어' 등
16편

*나의 새

언제부터였을까
내 가슴에 작은 씨앗이 떨어져
자라기 시작한 것은
비 내리고 바람 불 때마다
가슴 속 이랑은 출렁거리고
씨앗은 자라나
가슴을 덮는 나무가 되었다네

언제부터였을까
햇빛 속에 반짝이는 그 나뭇잎새 사이로
작은 새들 찾아와
깃을 틀기 시작한 것은
새는 무럭무럭 자라
마을과 산봉우리 위를 날아오르며
아무도 모를 이야기들을
가만가만 실어 날랐다네

이야기는 산이 되고 강이 되고
하늘이 되고
가슴 속에 또 작은 씨앗들을 심어 주고
그 안에 깃든 나의 새는
영원히 죽지 않는 새가 되어
드높이 드높이 날아오른다네

*높은 데에 오르면

제 동생 훈이는 아빠만 들어오시면 등에 올라타고 야단이에요.

그 넓적한 등에 올라타다 미끄러져 뒹굴기도 하고, 어느 땐 엄마에게 야단야단 맞으면서도 기를 쓰고 올라가지요. 그러다가 마침내 아빠 어깻죽지에 올라 만세를 부를 때 보면 그 쬐그만 얼굴에 자랑스러움 같은 게 반짝 빛나요.

그뿐 아녜요. 책상에도 오르고 벽장에도 오르고 책 디딤돌을 놓고 다락 맨 위층에도 올라 만세, 만세를 부르곤 하지요.

글쎄 말예요. 왜 그러는지……. 정말 만세가 부르고 싶어서일까요?

저러다간 뾰족한 송곳에도 오르고 먼 훗날 지구의 맨 꼭대기 히말라야에도 올라 태극기 한번 신나게 흔들 것 같아요.

*눈보라길을 가며

눈보라길을 간다
멀리
동동걸음 걷다가
뒷걸음도 치며,

간다
세게 부는 바람 헤치고
부딪히는 눈발 밀어내며,

때리면 때릴수록
머리 낮게 숙이고
눈보라길 헤쳐
가노라면,

차가운 손끝 발끝
아프게 시려와도
가슴엔 꽃 한 송이

피어난다

더욱 뜨거운 꽃
더욱 빨간 꽃…….

*다시 만나는 가족을 보고

그렇게 많은 눈들이
그리움으로 여의도를 가득 메우던 날
나는 들었네
먼 산에 대고 외치던 아픈 부르짖음을
밀물처럼 밀물처럼 밀려와서
어디로든 가야 하는 울부짖음을

그렇게 많은 손들이
그리움으로 여의도에 가득 나부끼던 날
나는 보았네
가슴과 가슴 속 흐르는 눈물을
흐르고 흘러 막힌 데 넘어
어떻게든 닿아야 하는 저 간절한 눈물을

세월도 녹아

마침내 우리의 지워지잖던 못자국

맑게 씻어내리는

뜨거운 피를….

*대갈보네 식구

텔레비전서 본 대갈보네 식구
아빠는 집을 나가 들어오시잖고
엄마는 화 끓이다 돌아가시고
넷만이 남아 제비새끼처럼
셋방을 지킨단다

모두들 학교에서도 말이 없고
머리가 커지는 대갈보는 학교에도 못 가고
큰누난 학교도 못 가고 엄마가 되어
대갈보의 병을 함께 앓는단다

차마 못 가실 길 가신 아빠
해가 가도 돌아오시잖고
대갈보만이 남아 헤픈 웃음 콧노래 흘리며
이웃 아저씨 등에 업혀 병원에 간단다

그렇구나, 하늘이 꺼지고 땅이 꺼져도
우린 우리끼리 살아야겠구나
우린 우리끼리 길을 놓아야겠구나
우린 우리끼리 우리의 하늘을
만들어야겠구나.

*돌 하나가 되어

하고많은 돌 중에 끼어있는 돌 하나
많고많은 사람 중에 끼어있는 나 하나
오늘도 입 앙다물고
굴
  러
    간
      다.

부딪히며 깎이며
울며 웃으며
너랑 나랑 구르다가
모퉁이길 돌이 되고
너랑 나랑 함께 얼려
시냇물 속 돌이 되다가…,

마침내 물에 씻긴
보오얀 조약돌 하나가 되듯이
번쩍 번개 치는 날
가슴에 깨친 말 한마디로
그 많고많은 돌 중에
반짝이는 보석을 품은
돌 하나가 되듯이…

*바다 · 2
— 성악가 아저씨

바다는 언제나
잠들지 못하나 봐
그 큰 가슴에 큰 그리움 있어
바다는 오늘도 하얗게
울부짖으며 속살거리며
부서지나 봐

그 깊은 가슴에
그 큰 사연 숨어 있어
푸른 어깨 휘저으며
아픈 뼈다귀 하얗게 드러낸 채
처얼썩 처얼썩 부서지나 봐

그래도 못다 한 가슴
빨갛게 물들이며
바다는 오늘도 하나씩

우리 그리움의 배
수평선 쪽으로 밀어주며
끝없이 끝없이 노래하나 봐.

*빨래

아침이면 우리
눈웃음 져 학교 보내고
저녁이면 또 더럼 타 들어오는 우리
속옷까지 벗겨 아름안고
이렇게 추운 날 저녁도
비비고 문질러 씻어내고 헹궈내고
터진 손에 닿는 실고추처럼 매운
찬바람 삼키시며
엄마는 오늘도 빨래를 빨아
빨랫줄에 널어 놓으신다

먼 하늘처럼 먼 앞날에
손가락 걸어 보고
엄마는 오늘도 우리 집 빈 터에
꿈조각들을 가득 널어 놓으신다
빨래 조각들이 펄럭펄럭
바람에 나부낀다

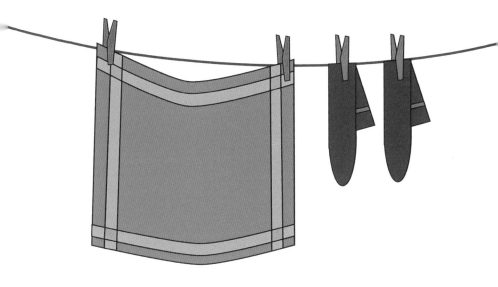

*산책

향긋한 이슬에 젖어
내 발은 걷고
내 가슴은 가득 찬다

또 나는 차고 넘치는 가슴처럼
보이지 않는 눈동자를
바라본다

산비탈 오동나무 옆으로 트인 오솔길
그리로 아침 그늘이
살짝 드리워져 있다

오동나무께로 가는 것이지만
아까 그 보이지 않는 눈동자가
나를 이끈다

떡갈나무 숲속에선
가느다란 새소리
떨어지는가

고목나무 위로 다람쥐가 힐끔 달아나길래
나는 돌을 던지고 하늘을 봤다

나를 울먹이게 하는 하늘
하늘 속 맑은 눈동자 이끄는 곳으로
내 발은 걷고
내 가슴은 가득 찬다

*석유 찾는 아저씨

이 땅에도 그 어느 곳에 꼭 있으리라고, 그 한 가지 소망 속에 살아가는 아저씨가 있다. 바다 가까운 동해나 서해, 강줄기 깊이 흐르는 남해 땅, 내륙 깊숙한 그 어느 곳에라도 수백 년 흐르는 물줄기, 오랜 세월 그 물줄기가 변해서 활활 타오르는 기름 줄기 되어 흐르리라고, 그 한 가지 믿음 속에 이 땅 구석구석을 찾아 헤매는 아저씨가 있다.

탐지기를 메고 산줄기 보리밭 이랑 이랑, 땅속 맥을 짚어 가며 흘러간 세월 이제는 바람에 닳고 헤어 졌어도, 바람같이 허망한 하지만 바람같이 절실한 그 한 가지 소망 속에 산을 넘고 강을 건너 터벅터벅 걸 어가는 아저씨가 있다.

살결은 햇볕에 그을리고, 살 속까지 바람에 다 닳 아졌어도, 친구들도 떠나가고 가족들도 떠나가고 모 든 것이 다 떠나갔어도, 오로지 자기 한 몸 외롭게 이

끌며 그 꿈을 이루기 위해 산을 넘고 강을 건너 오늘
도 터벅터벅 걸어가는 아저씨가 있다.

*수 놓는 어머니

마음속 잔잔한 등을 켜고
이 밤도 어머닌
한 그루의 나무를 심으신다

오래 간직해 온 무명베 받치시고
살아오신 하루하루 마음밭에서 실을 뽑아
호며 감치며 내일을 새기신다

어머니 가슴 속엔
피어 나는 나무 한 그루,
오랜 세월 비바람 햇빛 받아 무럭무럭 자랄
내일의 나무 한 그루,

우리 그 나무에 꽃으로 열매로
맺으라시며
이 밤도 어머닌 당신의 불빛 닿는 땅에서
한 땀 한 땀 내일을 심으신다

*신기료
― 시인 아저씨

언제부턴가 신기료 아저씨가 오두마니 앉아 우리의 해진 신발들을 깁고 계셨습니다

장터 어귀 햇살받이 언덕에서 아저씬, 찢어진 운동화랑 굽이 나간 구두들을 은빛 바늘로 꿰매시며, 어느 날엔 우리 찢어진 소리, 굽이 나간 마음까지 하얀 햇살실에 꿰어 꿰매주시곤,

"바늘에 찔리는 아픔도 참으며 이렇게 오래오래 신발들을 깁다 보니 이젠 그 애 마음까지도 꿰매지게 되는구나."

하시는 것이었습니다.

아저씬 우리의 부러운 눈길과 참새 같은 종알거림, 시냇물 같은 웃음으로 아저씨의 허전해진 마음도 기워 가며 앉아계셨는데, 기워도기워도 아저씨의 남루한 살림은 기워지지 않아 얼굴이 조금은 해쓱해 보였습니다.

이따금씩 아저씬,

"마음을 깁는 이가 제 가난까지야 다 기울 수 있나."

하시며 하늘을 우러르는 것이었습니다.

이 겨울도 신기료 아저씬, 우리 마음의 그만한 자리에 오두마니 앉아, 차운 손 녹이시며 한 켤레의 탄탄한 신발을 위해 밟히어 뚫린 자국들을 하나하나 메꾸어 주실 것입니다.

*옹이

나무에는 옹이라는 것이 박힌다
살 속 깊이 돋아나
나무의 살보다도 더 단단해지는 옹이

사람에게도 옹이라는 것이 박힌다
아버지를 여읜 고아의 가슴에 하나
아들을 잃은 엄마의 가슴에 둘
까닭 모를 병에 걸리는 사람에게 셋, 넷…,
살다 보면 사람의 가슴에도 옹이라는 것이 박힌다

옹이가 아파 평생을 우는 나무도 있으리라
옹이 때문에 쓰러지는 나무도 있으리라
하지만 나무라면 거의 그 옹이를 품고 산다
살보다도 더 단단하게
살보다도 더 윤기나게….

나무가 죽으면 그 옹이는
관솔불이 되어 타오른다
사람의 가슴에 자리잡은 옹이도
언젠가는 관솔불이 되어
활활 타오른다

*잡초 뽑기

운동장 가에 삐비풀 삐비 뽑아요
삐비비 소리 나는 삐비 뽑아요
잔디 잔디 새 파랗게 솟아
웃자라 머리 헝큰 억새 뽑아요

잔디 잔디 속에 숨은 햇살
풀잎 풀잎살은 다치잖게
뽑아요,
바람처럼 무성한 잡초 뽑아요
바람보다 질긴 억새 뽑아요

이상도 해라
뽑으려는 풀은 더욱 힘있고
뽑으려는 풀은 더욱 무성타

아침에 삐비풀 삐비 뽑아요
뽑으면 뽑을수록 억세게 뻗는

끼어서 사는 풀 억새 뽑아요.

*철들 무렵

신호등도 안 보고 길을 건너다가 '아차!' 했다
그러고 보니 내가 무사한 건
나를 비켜서 간 그 기사님 때문이었구나

해가 기울 무렵 이렇게 마음 뿌듯한 것은
내가 잘해서만이 아니었구나
준수, 네가 놀러와 준 때문이고
아빠, 아빠께서 저에게 나직나직 말씀해 주신 때문
이었군요

이제 철들 무렵,
날마다 날마다 제 가슴이 이렇게 벅차오르는 것은
제 마음이
그 어느 분, 그 어느 이름모를 풀꽃 하나에게조차
닿아 있었기 때문이었군요.

*한가윗날에
— 성묘

꽃순이가 간다, 아빠 손 잡고
하늘도 맑아 땅끝까지 보이는 날
빨강 치마, 노랑 저고리가 들길을 간다

향 피워 차례 지내고
할아버지 얘기 들으며
논두렁길 지나 산길을 간다

꼬불꼬불 산굽이 돌아 할아버지 계시는 곳
오늘 밤 휘영청 밝을, 달 뜨는 곳
달처럼 떠오르는 할아버지 얼굴 그리며,

이 달이 뜰 무렵 강강수월래
돌고 돌아 빙빙빙 삼천리 돌아
북녘 아이, 백제 아이 다 비추고도 남을
할아버지 얼굴 같은 한가윗달 그리며,

꽃순이가 간다, 아빠 손 잡고
빨강 치마, 노랑 저고리가 꽃처럼 간다.

기쁜 축복임을 느끼며

이 시들을 마음이 외로운 어린이들에게 바칩니다.

또한 어렸을 적의 나에게도 바칩니다. 나도 어렸을 적에 많이 외로움을 느끼며 살았거든요. 6·25로 아버지를 여의고, 5학년 때에는 어머니와도 같이 살 수가 없어 우린 고향을 떠나 대전에서 살게 되었지요. 거기서 초등학교, 중학교를 거쳐 고등학교를 졸업할 때까지 거의 8년 동안을, 물론 좋은 일도 많이 있었지만 나는 거의 나 혼자만의 생각과 외로움 속에 묻혀 산 것 같아요.

그래서, 나중에 그때를 생각하며 이런 시들을 쓰게 되었고, 그 시들 속에서 마음의 위안을 느끼게 되었습니다. 하나하나가 다 작은 시들이지만, 시 한 편, 한 편을 쓰면서 우리말의 아름다움을 새삼 깨닫곤 했지요, 이런 시를 쓰는 일은 고통스러우면서도 너무나

크고 기쁜 축복임을 느꼈습니다.

저의 제1동시집은 1990년도에 출간되었었는데, 절판되어 지인들에게 나눠 드리기 위해 재발간하게 되었고, 제3동시집과 제4동시집은 이번에 새로 정리하여 출간해 여러분들에게 올리고자 합니다.

이 시들을 동심을 갖고 살아가는 모든 청소년, 어른들께도 바칩니다. 이 중에 어느 것 하나라도 읽고 좋아하는 이가 생긴다면 얼마나 좋을까요?

2025년 3월
지은이 진 홍 원

하늘

진홍원 지음

발행처	도서출판 **청어**
발행인	이영철
영업	이동호
홍보	천성래
기획	육재섭
편집	이설빈
디자인	이수빈 ∣ 구유림
제작이사	공병한
인쇄	두리터

등록   1999년 5월 3일
        (제321-3210000251001999000063호)

1판 1쇄 발행 2025년 3월 20일

주소   서울특별시 서초구 남부순환로 364길 8-15 동일빌딩 2층
대표전화 02-586-0477
팩시밀리 0303-0942-0478
홈페이지 www.chungeobook.com
E-mail   ppi20@hanmail.net

ISBN   979-11-6855-322-4(03810)